너는 알고 있니 친구야

너는 알고 있니 친구야

구승민 시집

연장통

한 뼘의 공간에서
한 뼘의 절실함으로

키 작은 노랑의자에 살포시 스민 햇살이 빈 구석을 향합니다. 모난
모퉁이에 꺾여 이내 사그라지지만 그 온기는 한 뼘의 공간을 부질없이
데워줍니다. 은근한 심장이 한 호흡 두 호흡 자맥질을 시작할 즈음
보태는 박동의 움찔함으로 눈을 비빕니다.

마천루의 음습한 그림자를 닮은 책 더미를 헤집고 온갖 잡동사니가
보태는 이 난잡스러움이란 어찌 보면 살아온 지난날의 두툼한 보너스
인 듯 못된 습관을 받아들입니다. 한 곳에 쌓아둔다는 말이 한 쪽으로
치워낸 다는 말이 이젠 너무도 어색한 문장으로 뇌리를 찌릅니다.
그저 놓인 그대로, 있는 그대로의 모습에 기대는 일상의 안주가 어느덧
나의 공간을 한 뼘의 공간으로 되돌려놓았습니다.

웅크린 채 달큰한 햇살이 뿜어주는 노곤함이란 한 뼘의 공간으로도
족한 그런 아늑함을 던집니다. 꼼지락거리는 발가락의 미동을 보태어
몽실몽실 조여 오는 막잠을 애써 참으려는 자의 수고인 양 달콤한
커피향이 콧잔등을 쓰다듬습니다.

버번 커피잔에 담겨진 암갈색의 신비로움, 아마도 노랑이 강렬하게
뿜어대는 버번 커피잔의 뇌쇄적인 본능만큼이나 애간장을 녹여줍니다.
초조함으로 허전함으로 외로움으로 고요함으로 애써 태워 마시는
갈증의 쓰디씀은 참으로 달콤합니다.

슬픈 것이 외롭다 했습니다. 외로움이 슬프다 했습니다. 그 고요가
보태는 슬프다는 외로움, 외롭다는 슬픔은 정말로 초조합니다. 견줄 수
없는 고독이란 것도 아마 이 초조함으로 그토록 오랜 세월을 지고 가야
하는 운명인 듯합니다.

눈물이 마르면 또 햇살이 부서옵니다. 하루 같은 평생이 비웃듯 나의
입가엔 미소가 번져듭니다. 희미하게 닳아지는 책장의 깨알 같은
타이포가 반듯하게 옆으로 누워 있습니다. 잠시 고갤 들어 세우고 싶은
심정은 굴뚝같지만 심장이 타이릅니다. 조금만 더…….

한 뼘의 공간에 한 뼘의 정적을 올려놓습니다. 햇살이 쏠려가고 이내
눅눅한 어둠이 한 겹 두 겹 살갗에 닿아집니다. 기분이 좋아집니다.
먹먹할 것만 같은 초저녁의 쏠림이 이렇게 가녀린 여인네의 살갗처럼
와 닿아지는 기분, 심상치 않은 동요입니다.

분을 바르듯 토닥이는 손끝이 감미롭습니다. 여린 비누 향도 저며 오고
배냇저고리의 상냥함도 닿아집니다. 한 겹 두 겹 포개고 포개어 청량한
어둠이 내립니다. 오로지 나로서 나뿐인 지금, 어둠은 가지런히 나를
품어줍니다.

그토록 사랑해야 하고 아파해야 하고 슬퍼해야 하는 인간의

족속이라면 어둠 앞에 숨죽이고 싶을 따름입니다. 한 호흡에 깔리는 이 초조가 아무렇지 않은 듯 어둠은 낮게 더 낮게 드리웁니다. 모든 것을 지워내려는 어리석음은 나만의 옹졸한 믿음이었나 봅니다. 그저 어둠 앞에선 모든 것을 선명하고 분명하게 맞닿게 합니다.

애써 피하려 들지 않습니다. 간절한 사랑함에 그토록 아파해야 하고 슬퍼해야 한다면 마땅함으로 끌어안습니다. 거들먹거리는 충고도 필요치 않습니다. 부끄럽다는 자책도 하지 않습니다. 있는 그대로의 사랑으로 모든 것을 끌어안습니다. 더하지도 덜하지도 않는 있는 그대로의 나를 마주합니다.

괜한 오해와 이기, 질투, 미움, 절망, 낙담은 그 누구로부터 온 것이 아님을 이제야 깨닫습니다. 그렇게 이를 악물면서 견디어야만 했던 버팀은 부질없는 고집과 아집이었다는 것을 어둠의 박동에 스스럼없이 토해 냅니다. 그러함에도 어둠은 잔잔한 숨을 고르는 쉼을 줍니다. 알 수 없는 동감이 닿아집니다.

어둠의 갈래로 흩어진 거대한 나의 존재가 움틈의 밀알로 부서집니다. 감내해야 했던 육중한 무게에 짓눌린 어눌한 나, 부질없는 존재의 이유였나 봅니다. 어둠에 밀착된 나의 심장은 하염없이 옹종한 얼룩을 만듭니다. 어둠에 스미고픈 그 간절함도 못내 삭이지 못하고 뒤섞여

깨알 같은 나를 지천으로 흩뿌립니다.

밤공기가 상쾌합니다. 시작도 끝도 닿지 않는 어둠의 둘레에 잠든 나를
만집니다. 아니 어둠이 새긴 나를 봅니다. 완연한 짐승의 역겨움이지만
그래도 작은 심장이 떨고 있습니다.
미동도 하지 않을 것만 같은 순 생명이 버거운 한숨을 고릅니다.
그것은 그토록 몸부림쳐야 했던 처절한 욕정의 날숨이 아닌 그저
간절한 인정의 들숨이 나르는 작은 고통의 여백입니다.

고백합니다. 내가 간절히 바라는 사랑이 그대가 그토록 원하는 사랑이
었으면 좋겠습니다.
이것은 적어도 어둠이 나르는 용기가 아닌 나의 진정이었다는 것을
어둠의 저편 당신은 알 것입니다. 당신은 나에게 아까운 사람입니다.
소중한 사람입니다. 참으로 버거운 사람입니다. 그러함에 그저 한 뼘의
공간에서 한 뼘의 마주함으로 일상처럼 마주하고 싶습니다.

텁텁한 입 꼬리가 달콤한 햇살에 닿아집니다. 또 하루라는 평생에
길들여질 나이지만 이젠 당신에게 길들여지고 싶지 않음에 사랑이란
되물음에 속절없이 굴복당합니다. 사랑함으로 사랑하면 그뿐입니다.
뭐든 나에 대한 사랑은 나로 비롯된다는 사실을 어둠을 지키며 절실히
깨달았습니다. 시작도 끝도 그어낼 수 없는 어둠의 저편에서 불현듯

깨어나는 사랑이라는 것. 치미는 슬픔을 억누르며 맞서야 하는 어둠의
크기를 감당해야 합니다.

한 뼘의 공간에서 한 뼘의 절실함으로, 그 간절함으로 당신을 마주하고
싶습니다.

봄

아름다운 눈물을 보냅니다

미주할 수 없는 관계의 초라함이라면

차라리 어깨와 어깨를 기대어

감내할 수 있는 버팀이었으면 합니다

작은 것을 바라는 옹졸함이 있었다면

그 작은 가치의 둘레에서

더 큰 오류의 길에 빠지지 않도록

그만큼의 자리를 지켜내고 싶습니다

너무도 많은 바람

기다림의 가치는 끝없는 저편에 서지만

당신을 끝내 저버리지 않는 평생이려 합니다

풍요로운 일상의 즐거움이

때론 한없이 버거워 올 때

바로 당신이란 무게를 인정해야 합니다

엄청난 무게라도 감내해야 하겠지만

온 우주를 짊어진 당신이란 존재

나에겐 견줄 수 없는 신의 영역에 있습니다

꽃은 때가 되면 피어납니다

새는 아침이면 날아듭니다
별은 어둠 속에 자라납니다
눈물은 슬픔 앞에 가녀립니다
하지만
당신은 꽃 피는 날에도
이른 아침의 깨어남에도
별이 그토록 사무치는 날에도
시린 눈을 보이는 그날에도
그저 간절할 따름입니다
고결한 시간은
다 당신으로부터 불어옵니다

괜한 눈물이 번져옵니다
그토록 절망할 수 없는 당신으로 인해
세상에 존재하는 모든 생명은
맘껏 활개를 폅니다
아름다운 눈물을 보았습니다

날아오르는 날개짓으로 인해

당신이란 세상에

좀더 가까이 다가갈 수 있다는

행복함으로

내 생애 처음으로 맛보는

아름다운 눈물을 보냅니다

눈물은 슬픈 것이 아니랍니다

가슴에 고여 온

일생의 서약입니다

당신을 바라는 내가

나를 존재하게 한 당신이

마지막처럼 처음으로 전하는

안부입니다

그대에겐 있는 그대로의 그대입니다

나에게 익숙해진 날
문득 들려오는 통증
애써 외면했던 그댈
만나러 갑니다

고개 숙여 길을 걷다
모난 그림자 넘어
그깟 자존심을 부추겨야 했던 그댈
만나러 갑니다

새삼 그리워
서랍 속에 넣어둔 낡은 사진
저녁이면 매만집니다
역겹습니다 그리고 그립습니다

그대가 모르는 사이
나는 철들고 있답니다

괜한 웃음 그리고 푸념들
아직은 그대라는 둘레보다
나를 사랑하고 있기 때문입니다

그대에겐
있는 그대로의 그대입니다
흐릿하지만 가까스로 닿아집니다
어떡하나요
맨가슴에 그리도 차오르던
그대가 너무도 고마울 따름입니다

나는 오늘도 감히
나를 사랑하는 괜한 사치
그대에게서 간절히 배워가려 합니다

이유 있는 사랑

외로울 때 외로움을 깃들게 하고
슬퍼질 때 눈물 고이게 하고
사랑할 때 사랑하라 마음을 열어준 그대
꽃들이 시든 그날에
그대가 생각나
물병을 비우지 못합니다

한날 피어난 꽃들도
그대 사무치도록 그립다면
그저 메마름에 익숙해집니다
그것이 그저 소중할 따름,
그대 사랑함도
이처럼 비워낼 수 없는
깊이만큼 스러져 갑니다

봄맞이

차디찬 바람에 부딪쳐 오는 봄을 안고
풀꽃도 온다
지나는 산새도 운다
까마득한 먼 빛에 부서오는 봄을 안고
햇살이 온다
머뭇거리는 산그림자도 지난다
이름 없는 편지에 함께한 봄을 이고
눈부신 아침인사
언덕 너머 저편에서 봄을 지고
내 잊었던
님이 온다
내 잊었던
그날처럼
님이 온다

별은 봄비를 닮았습니다

24

별은 봄비를 닮았습니다
아직 여물지 않은 선량한 빛
그저 더딘 그 기다림에
맥없이 흐르는 눈물
별은 봄비를 닮았습니다

별은
촉촉한 숨결을 재우는
봄비를 닮았습니다
곤한 잠을 청해도
간간이 들려오는
그대의 속삭임
이른 아침
사랑을 당부하는 봄비를 닮았습니다

사랑에게로

이 세상 그 누구를 죽도록 사랑한다면
차라리 죽지 않을 만큼 사랑해도 기뻐 죽을
나를 사랑하리라

슬픔에 궁색한 사랑타령을 하기보다는
진실로 슬픔에 빠져
그 사랑 샘나게 울어보리라

이 아름다운 세상
눈시려 보지 못할 이 방이 천국이라면
차라리 눈 딱 감고
어눌한 어둠에 당당히 숨결 고르는
나를 훔쳐보리라

함께할 수 있는 우리들 사이
점점 작아지는 나에게서
점점 커지고 있는 너를 본다

그 크고 작음이 전부가 아닌
우리들 사이
함께하면 좋을 것을
이제는 이미 너에게서
나를 볼 수가 없고
나에게서
너를 가늠할 수가 없는
모순됨을 인정할 수 있는
지혜를 가지리라

정말로 너는 사랑을 아는 착한 사람
진실로 나는 사랑을 아끼는 여린 사람
그로써
우리들의 사랑은
더 이상 모진 세상에서
상처받지 말아야 한다

나는 나에게서
너는 너에게서
사랑이 배여옴을 기뻐하고
그 사랑의 풍요를
감싸며 소중히 지켜갈 때
철없는 사랑은 사랑다움의 용기를
빚어주리라

나는 너에게
사랑한다고 말할 용기가 없는 것이 아니라
진실로 용기가 나
사랑이란 일말의 것을
잠시 잊고 있을 뿐이다

그 드넓은 하늘에
날으는 작은 새의 설렘이
어찌 하늘에 다다를까

그 광활한 들판에
소심히 피는 숨은 꽃의 바람이
어찌 들판에 부는 바람에 기댈 수 있을까
너의 가슴에
부대끼는 나의 용기가
어찌 너의 속 깊은 마음에
번질 수 있을까

그저 날으는 작은 새처럼
피어나는 숨은 꽃처럼
나의 부대끼는 용기처럼
기다림으로
순응하며 살아가리라

친구에게로

흔들리는 나를 보며
너에게로 간다
다하지 못한 그리움
잠시 접어두고
이쯤에서
부족한 어깨를
기대고 싶다
익숙해진 살내음에
새삼
살아야 할 이유를 찾고 싶다
걷어낸 속살에
무던히 자리했던
너의 숨결을 고르게 담고 싶다
죽도록 외롭더라도
죽을 만큼 사랑할 수 있는 너에게로
다가서고 싶다

사람지기

빈 가슴으로 살아도

결코 상투적인 수심에 빠지지 않는

민들레 홀씨처럼 자유롭고 싶습니다

철없는 질투 앞에

비워야 할 마음 한 자락

라일락 향처럼 내뿜고 싶습니다

눈살 찌푸린 분노의 날

가두었던 용서의 빛에

희망을 주고 싶습니다

더러 마음의 상처를 지더라도

한결같은 진실에

가슴을 비워두고 살 뿐

어느 누구의 탓이라 말하지 않는

작은 손을 내밀어 함께 일어나고 싶습니다

살아갈 날 때론 더딜 뿐이지만

깨닫는 단 하루가 몇 날인지

텅 빈 가슴에 희망의 날개를 달고 싶습니다

사람지기에

허상의 벽을 깨고

두고 온 인정에 호소할 것입니다

정말 괜찮은 인간으로

이 세상 끝물까지 맨 가슴을 이고 가라고

반려의 유한 눈으로

글썽이는 눈물로 머물고 싶습니다

포기할 수 없는 이 세상에

친구라는 존재

메마른 입가에 작은 미소를 새깁니다

그런 마음으로

완전한 사람지기로 거듭나기보다

새겨갈 수 있는 힘을 가누고 싶습니다

잠시 와닿는

별빛에게서

순수를 보았습니다
결코 때묻지 않는 영혼의 타이름을
더불어 살아야 할 세상
몸 비비는 그날까지
배려의 모습을 지켜가라고
아름다워야 할 세상
떠나는 그날까지 사랑에 궁색치 말라고

단조로운 아침에

눈꽃에 목련이 나립니다
마지막 편지에
한 줄 눌러 쓴
그깟 사랑이란 거
더 좋아지길 바라는 것이 아닙니다
지금 상태라도
나의 일상에 습관처럼 묻어나길
바랄 뿐입니다

아침이면 서둘러 창을 향합니다
익숙하지 않은 일이지만
당신으로
어쩌면 나는
이 삶에 길들여질 것만 같습니다
투명한 햇살 위로
수평선이 흩어져 오르면
아마 사랑이란 거

늘상 나의 지친 가슴을 깨우고 있을 것입니다

하루의 시작

이처럼 맞고 싶습니다

절대 사랑

숨을 재워가며 당신을 사랑하려 합니다
늘상의 허전함만큼 당신을 비껴서서
쪽빛에 묻어오는 당신을
서둘러 사랑하기로 합니다

오랜 망설임은 아니었을 것입니다
스스럼없이 당신의 존재를 받아들이며
모나지 않는 사랑을 느끼고 싶습니다
당신의 무관심에 서글퍼하진 않습니다
당신 사랑이 그것이라면 다만
내 사랑만 지킬 따름입니다

당신이 존재함으로
내 사랑은 세상 어디에나 배어 있습니다
살아가는 동안,
아마도 무던하게 당신의 눈길을 보채겠지요
모든 사랑이 다 그러하듯

당신은 기나긴 세월이 필요할 것입니다
그 세월에 당신의 사랑도 내게로 묻어나길
오래도록 기다리겠습니다

말하지 않는 당신의 약속을
우두커니 서서 먼빛으로 받아서겠습니다
당신을 기다리기에 내 사랑은 아주 길 것입니다

눈 부비며 맞는 아침은 참으로 당신을 닮았습니다
나른한 육체를 깨우고, 가려진 어둠 속에서
나를 밝히는
소중한 이 사랑이 때론 눈물겹습니다

언제나처럼 돌아서면
익숙해진 고목처럼
당신은 쾌히 그 큰 키의 사랑을 보여주지만
나는 개미처럼 작아집니다

이런 심정 알 리 없기에
당신은 나를 비껴서서 대견한 듯 말하지요
"넌 좋은 사람 만날꺼야"
하지만 난 아무런 말을 할 수가 없습니다
참으로 당신은 얄궂은 사랑입니다

비꽃

몽알진 한 움큼의 눈물이
보채는 사랑, 아직은 미숙합니다

늘 처음처럼 사랑하면 그뿐인 것을
흔들림없는 비꽃에
아직도 작은 가슴은 사랑을 훑고 있습니다

내리는 비꽃의 비릿함,
새삼 재울 수 없는 지친 마중이었습니다

슬퍼서 슬퍼지면
못내 기다림의 서약을 합니다

아직 다가설 수 없는 나즈막한
비꽃들 간의 사랑처럼

한 줌의 꽃씨를 쥐어주고픈 사람이 있습니다

한 줌의 꽃씨를

쥐어주고픈 사람이 있습니다

미세한 빛에

깨어나는 꽃의 타이름으로

사랑을 전해 주고픈 사람이 있습니다

늘 멀리 있는 사람이지만

그래도 알 듯한 사람입니다

가장 낮은 곳으로 향한

어떤 그리움이 밀려오면

늘 보고팠던 사람입니다

작은 숲을 향해

함께 거닐고픈 사람이 있습니다

마른 햇살에

빈 몸을 털어
한없이 감싸주고픈 사람이 있습니다

마주할 수 없는 사람이지만
그래도 함께 있어 좋을 사람입니다
감히 사랑이란 말을
하지 않아도 좋을 사람입니다

그 사람
왠지 모를 사람입니다
오래도록 지켜서도
닿지 않을 사람

그 이유만으로도 사랑합니다

성형 사랑

새우잠을 자고
끼니를 걸러도
그녀가 좋아하는
별자리와 스파게티는
알아야 합니다

미치도록 졸린 날
하염없이 이어지는 수다에도
어색한 너털웃음 전해야 합니다

세 시간을 꼬박 기다리고도
그녀가 나타나기만 해준다면
바람맞지 않은 것만으로도 기뻐해야 합니다

먼 길 배웅하고 뒤돌아서서
빈 주머닐 털며 밤새 걸어야 해도
오늘 함께 있었으므로 행복하게 웃어야 합니다

꽃가루 알레르기가 있어도
한 움큼의 꽃다발을 안고 서서
풍요롭게 그녀를 맞아야 합니다

영화관에서 눈을 뜨고 졸더라도
그녀가 감동받는 순간은 지켜줘야 합니다

등에 붙은 머리카락을 털어주기보다는
눈치를 살피며 조심스레 입김을 불어내야 합니다

다른 남자 친구와 다정히 거니는 모습을 볼 때는
사촌일 거라 애써 믿어야 합니다

빈정대는 로맨스
이처럼 미어지는 것임을 알지만
성깔을 죽이고
이런 성형 사랑에 익숙하려 합니다

사랑은 틀을 맞춰가야 하나 봅니다
사랑을 성형한다는 것이 나를 슬프게 하지만

가슴 언저리에 내린
평생 드러내지 않는 순사랑이 타이릅니다

사랑은 틀을 부숴뜨리고
풍경이 되어주는 것이라고

사랑이라는 내심

지독한 침묵이
달다
헤픈 웃음조차
인정할 수밖에 없는 시간의 저편에
미덥잖게 자라난 생채기 하나

조밀하게 박힌 사랑이란 내심이
저리도 들킬까
이 밀실의 공간에서
철저하게 고립되고픈 날
모든 빗장을 풀고
온전하게 내게로 온다

이 절실함에 대하여
그 간절함에 대하여
후비는 사랑이 나르는
작은 배려를

살갗 깊숙이 오래도록

아우르고 싶다

그대가 그대라는

희망이란 잣대가 나를 가누고 있습니다

절실히 부러워해야 할 나에게

문득 훔쳐볼 수 있는 그대가 있어 좋습니다

아무 생각 없이 스치는 사사로운 날

물끄러미 넘겨다볼 수 있는 그대가 있어 좋습니다

가끔은

상실의 문턱에서 깨어나는

하찮은 것들에게서 그대를 봅니다

그대라는 존재

내 살갗이 닿는 부스럼처럼

살가운 곳에 널려 있습니다

가늠할 수조차 없는 그대에게서

조심스레 기대어 울 나란 존재

버거운 사람이었나 봅니다

기다림의 전설

작은 나방의 날갯짓에
하염없이
눈물이 날 것 같은 지금,
처음처럼의
오랜 기다림이었습니다
지독하게 공허한 하루가
존재하게 하는 이유입니다

나는 철들어 가고 있다고
그렇게 믿고 믿었던
그 의심어린 눈빛은
늘 먼 곳으로부터 멀어져 가는
그 기다림을 마주합니다

아주 작은 확신에 선다면
그건 나의 온 진정이며
나의 전부이겠지만

두 발 동동 구르는
철부지 나약함에
이미 기다림은 시작되었나 봅니다

까마득히 먼 그 어디쯤으로부터
전해졌어야 할
그 기다림의 전설을
이제야 부둥켜안은 고요처럼
맑아 있습니다

그대라는 마땅함으로

나에 대한 아름다운 추억은 바로 당신입니다
그 추억의 저편에
서로를 향한 괜한 일상의 투정이
당신과 나라는 편을 가르는 것이 아닐는지요

당신의 심장으로부터
따사로운 온기가 안겨옵니다
동감할 수 없는 상투적인 사랑이라는 것조차
때론 못내 참을 수 없는 생채기로 남았을지라도
그 진정성만은 나의 심장에서 올곧게 비롯됨을
알아주었으면 합니다

못내 참았던 눈물을 보채야 하는 못난 슬픔 앞에
당신의 천진스런 웃음으로 하여
아무렇지 않은 듯 태연한 척
그 무언의 침묵을 나르고 있다는 걸 알고 있습니다

만나면 웃음만 재울 뿐인 서로에게
눈빛조차 마주할 수 없는 서툰 마주섬으로
지난 사랑은 미덥지만
서로의 심장에 곱게 부벼 온전한 온기로
담아냈으면 합니다

매순간 일상의 상실을 꿈꿀 때
우리의 대화는 그렇게 시작되었습니다
가녀린 그 숨소리로부터
거친 심장의 박동이 꺼져들 때까지
오랜 세월의 저편에서 그렇게 순하게 머물러 있었습니다

살갑게 살아야 한다는 것쯤은 서로의 형편이었습니다
달갑게 고인 우리에겐 그 어눌한 형편조차
주저없이 감사해야 했습니다
당신에겐 나를 치유할 권리가 있기에
나에겐 당신은 언제나 닿지 않는 높음이었습니다

당신에겐

기댈 수 없는 노곤한 향이 담겨 있습니다

어쩌면 살아간다는 것

그건 아마도 나란 존재의 무심함에

가끔 관심을 보이는 사치가 아니었나 생각해 봅니다

헐거워진 당신을 품고

무심코 내뱉은 상투적인 사랑이란 것을

죽도록 괴로워하며 감당해야 하는 나는

행복에 겨워 죽습니다

그대라는

마땅함으로 말입니다

부름

부대끼는 온기가 좋다
살갑게 치대는
야트막한 심장에
모시가슴을 포개고 포개어
잠들고 싶다

그렇게도
달달한 일상이었다는 것을
여린 숨 괴어
투명하리만큼 채여 목젖에 내리고 싶다

소름 돋는 살갗이
이토록 고르게 피어나면
맨질한 손끝으로
새침한 새벽에 다다른
몽실한 안개에 닿고 싶다

그리움으로 하여

외각의 둘레에서
스칠 것 같은 낮은 불어옴도
가끔은 모난 모퉁이에 고여
참을 수 없는 기다림을 보챕니다

못내
모난 각을 흐리고
이제야 품어낸
마른 은사시 향처럼
풋풋한 비누 향처럼
어디곤 배어나는
진한 향기로움을 품습니다

혹한 바람이 떠나고
움푹 파인 구멍이 채워진 밋밋함도
어느덧 노쇠한 지문을 남기며
홀연히 떠나야 할 것 같은

채비를 꾸립니다

빨간 스카프

작은 모퉁이에 눌러 앉아
나지막한 처마가 산다
바깥의 고요에 사랑이 산다

하늘한 빨간 스카프
작은 쪽창에 산다
도심의 적막에 사랑이 산다

사랑이란
아주 가끔 찡한 눈물을 흘리다
눈물에 익숙하지 않는 나를 바라보는 일이다
매정한 가슴에 치이는
빨간 스카프의 매듭에
사랑이 산다

여름

서툰 사랑

아직은 서투름에 기대고 싶습니다
주책없는 자존심의 편에 서서
얼굴 붉히고 마는 그런 가벼움에 서지 않으려
대책 없는 기다림에
서툰 사랑을, 흔쾌히 나르고 싶습니다

횡한 공간에 마주한 어색함이란
어쩌면 일찍이 숨겨둔 일기장 속
상투적인 사랑의 고백이란 걸 알고 있습니다
이 유치함조차 버겁게 마주하고 싶습니다

홍건해진 어색함이 번져듭니다
괜한 뭉클함마저 사치스럽게 다가오는 이유
아마도 나에 너무도 익숙했나 봅니다

관록 있는 사람들에게서
몇 번이고 곱씹는 사랑은 아닐지언정

닳고닳은 가슴이 이토록 살 떨리는 집중을

평생토록 간직하고 싶습니다

꿈

빛이 가두는 어둠이라는 너비
훌훌 털면 씻기려나
응큼떠는 궁상이 너무도 잔인하다
숱하게 피고 지는 숨은 꽃의 전설이 있다면
흔쾌히 간음하리라

빛 그늘에 또 그렇듯 스러져갈 뿐이라면
차라리 빛을 서슴없이 가두리라
어둠의 무리는 진저리나도록 눈부셔
밑구녁까지 온통 기척이 다 사그라질 뿐
초연하게 녹아드는 낡은 작부의 살갗으로 더듬고 싶다
두텁게 굼뜨는 소은(小恩)의 빛으로

일상으로의 투정

밤새 매만지던 별난 세상에

너는 그처럼 서툰 그리움에 서 있구나

곱던 세상의 빛깔을

온통 다 너의 살갗에 바르고

아무렇지 않은 듯 새벽을 기다린다

숨겨둔 눈물이

보채는 하루가

어느덧 너를 닮아가고

숨길 수 없는 모난 저려움도

또 하루를 맞는 나의 일상이었나 보다

맛난 음식 앞에 투정 부리는

어린 아이의 볼멘소리처럼

아직도 나는 너에게 고프다

그저 말없이 지켜보는 어미의 심정으로

너를 가슴에 묻는다

청아한 햇살이 이따금

머뭇거리다

눈시울을 붉게 한다

일상으로

비가 나립니다
야트막히 내리는 비와 비 사이
헐겁게 닿아지는 온기가
무딘 가슴에 통증을 안깁니다
식상함이란 것
가슴과 가슴 사이
모르게 닿아지는 오래전 안부인 듯합니다

어두운 골목 나지막이 자라난 별과 별 사이
공허를 맛보는 일조차 사치스러워
어둠에 타액을 바릅니다
몸서리치도록 외롭다는 것에
이제야 빈 가슴은 실없이 여무나 봅니다

순량한 빛이 바릅니다
집요한 환함보다 어렴풋한 스러짐에
부디 종용할 수 없는 사랑

더딘 일상에 오래도록 다져줘야 합니다

사각 하늘과 소녀

빛이 바르다
투명! 그 맑음의 속살은 어디인가
생의 맛깔을 곱씹어도
오로지 알 수 없는 투정

간간히 스치는 바람
빛깔이 고와서
살결이 차마 마른다

휴식의 나른함도 이처럼
수줍은 사각 하늘의 순도를 닮아
낮은 때깔을 바른다

볼그레한 코스모스
어느새 소녀의 그리움을 맞고
밤새 별에 산다

새벽이 옮아옴에
이슬은 하얀 안개를 가리고
긴 호수를 따라
한 웅큼 아껴둔
키 작은 소녀의 발자국
소리없이 사라져간 이유는 뭘까

사각 하늘엔
가을이 간간이 난다

내 안에 울던 눈물

움찔할 수 없음에
헤진 옷깃을 매만져야 하는 살 떨리는 집중
억울함도 억장엔 휘둘리나봅니다
내 안에 울던 눈물이
아무도 맞서지 않는 사랑 앞에
그토록 취해갑니다

다 타오른 한적한 불씨 너머
번져드는 외로움이란 것이
이른 사랑의 서투름을 고백합니다
내 안에 울던 눈물조차
사치스러울 따름이라고

턱 고이며
아물지 않은 슬픔을 마주해야 하는
그깟 사랑이란 것이
어쩌면 나에게 숨어버린

내 안에 울던 눈물이었나 봅니다

사랑은 서두름이 아닌 기다림

낮게 가라앉은 잿빛 하늘이
내 가슴을 비우고 갑니다
당신은 이 잿빛 거리 한 켠에
숨은 꽃으로 있고
나는 이 거리의 바람에 밀리는
진한 그리움에
그만 눈을 감습니다

아무것도 할 수 없는 미치도록 그리운 날
멍한 기다림에 서성이는 건
아마도 어제오늘의 일은 아닌 듯합니다

근심의 나날보다는 사무치게 그리운 날이
더욱 더 슬픔을 여물게 합니다
다만 그대의 건조한 부름에도
나의 모든 것을 허락할 수 있다는 용기가
참으로 기가 막혀

나는 아무것도 알지 못한 채
저린 가슴만 다독일 따름입니다

어차피 애타는 내 그리움은
멈출 수 없는 운명일 것입니다
지금 단지 내가 바라는 것은
아픔 없는 기다림을 배우는 것입니다

풍경 아래서

온통 다 담을 수 없는 빛
살 곱게 아리는 부끄러움
곤곤한 낮잠이
꼼지락 울고 있다

낮은 숨결 사이
이쯤에서 나린 여유
마른 빨래 위로
수더분한
하늘이 된다

맥없이 눈물나는 하루
웅크린 짐승 하나
멀쑥한 그림자를 털고
곤한 낮잠을 삼켜버린다

처마는 늘 귀퉁이로 살아난다

연기가 모락모락 피어오를 때

길 잃은 똥강아지

실없이 짖고 간다

별아

별이 산다
때깔 고운 별
키 작은 꼬막별
이쁜이별
촘촘히 박혀
하늘을 아프게 한다

별아
떨어지려마
슬퍼하는 어린 왕자
작은 가슴으로
부디
소리없이 내리려마

은둔의 꽃

아무런 상관이 없다
무심히 왔다 가는
해질녘 숨은 꽃으로 하여
잠시 사랑하고 있을 뿐

무정히 드러눕는
바람의 높이도
피고 지는 은둔의 꽃과 같다

사랑은
잠시 머물다 사라지는 소박한 나들이
이로써 다하는
생의 작은 안부

친구 같은 친구이고 싶습니다

만나면 알 수 없는 어색함에 웃음만 재울 뿐인 우리가
밤하늘의 작은 별 하나에
철없는 천진함으로 서로의 가슴에 눈물을 훔칩니다
서로의 등을 끌어안고
아무런 말조차 할 수 없는 침묵 속에
우리는 그저 눈만 마주할 뿐
아무것도 할 수 없는
미약한 존재이지만 곁에 있음으로 전부입니다

초라하지만 결코 초라하지 않은
풍요로움에 우리는 날개를 부립니다
저편
일어서는 자의 아름다움이
결코 멀리 있지 않다는 것을 알았을 때
희망이란 믿음
한없이 밀려옵니다

우리에겐 수줍은 것이 다인 듯하지만
초월한 사랑이 움트고 있습니다
드러내지 못한 관심의 대가
그것만으로 충분하기에
새삼 사랑을 일깨우진 않습니다
그저 믿고 있을 따름입니다

나락빛 한 움큼이
우리가 견디어가는 이유일 것입니다
더러 흐린 날도 있겠지만
길지 않은 세월이었습니다
참고 기다리는 우리에겐
일상이 한결같다는 것을 깨닫습니다

다가가는 손길이 멈추고 마는 현실이
안타깝지만
다가설 수 있는 내일이 있기에

서로를 향한 믿음은 언제라도 한 곳을 지향합니다
이런 마음으로
살아가는 우리는 친구라 합니다
그래선지
친구라는 말에
사랑의 깊이를
아직 모르고 있습니다
친구는 그저 친구이기에
다만 친구이고 싶습니다

꽃별

꽃별이 밤을 타고 웁니다

고깔지붕 처마 언저리

조심스레 맺히는 우주의 사랑빛에

애타게 자라난 눈물이

어둠 앞에 서성입니다

하늘과 땅

휴식 같은 평화의 저편으로

내몰리는 저 꽃별의 인사가

이토록 가슴을 후립니다

잊혀진 우주의 늪

다시는 올 수 없는 꽃별에게

작별을 전합니다

꽃별의 영원

가슴을 매만지는 사랑의 울림입니다

내가 간절히 바라는 사랑이

그대가 그토록 원하는 사랑이었으면 좋겠습니다

만취 연가

무겁게 질려버린 연기를
흠씬 들여마신 가슴에
오로지 삭여지는 건
당신이란 입김의 가벼움뿐

토해낸 헛구역질의 비릿함으로
절로 나를 비켜서지만
차갑게 닿는 밤바람의 낯섦은
당신이란 향의 감미로움을 자극합니다

옷깃을 세우고
닿는 곳까지 디뎌보는 거리에 서서
아직도 홀로
당신을 향해 거닙니다

가야 할 목적을 잃은 나의 길
어둠을 탓하지 않습니다

그저 중심을 내밀며

당신의 뒷자락을 남기는

밤이 너무도 고마울 따름입니다

늦은 귀가

덧없는 외로움에
늘 모자란 작은 일생
단내 나는 밥 한 공기가
너무도 그리워
나는 아직도 살고 싶습니다
속절없는 사랑에
저들만큼의 용기를 쥐어보지만
방 한구석 나뒹구는 양말 한 켤레에
다시 눈물을 보이는
나로 하여
아직은 살고 싶습니다
멍하니 벽을 바라보다
치미는 뭉클함에
다시 시인이 되고자 하는 나로 하여
나는 아직도 살고 싶습니다

살아가는 동안

나의 늦은 귀가는

오랫동안 시작되었습니다

휴식 같은 친구이고 싶습니다

휴식 같은 친구이고 싶습니다

그대의 고단한 슬픔 앞에

풍경이 되고 싶습니다

걸러지지 않는 아픔의 진실이 있더라도

물러서지 않는 희망의 빛을 꾸려주고 싶습니다

그대가 꺼져가는 빛으로 괴로워할 때

서슴치 않는 눈물이고 싶습니다

머물고 싶은 순간이면

언제든 자리를 펴는 쉼터이듯

기대어 울 그대라면

낮은 숨결로 안아주고 싶습니다

아픈 상처의 닻을 내리지 못한 채

떠도는 그대의 고독이 그토록 큰 슬픔이었다면

그저 곁에 서서 어수룩한 세월이고 싶습니다

어둠 앞에 기도하는 이, 그대라는 이름

한결같은 마음으로 불러주고 싶습니다

우리 사이에 놓인 터울을 허물고

가슴 저린 진실로 다가서고 싶습니다
거울에 비친 그대의 천진스런 얼굴을
닮고 싶어함도 가슴은 알 것입니다

숲

고요하다는 것이
아침입니다
머뭇거리다 주워온 풍경소리
밤꽃에 묻히어
날다람쥐 자장가 되어줍니다

별빛에 마른 땅 위로
느티나무 한 그루
홍색 담쟁이 이고
하늘로 돌아가는 길
나는 산새도
저 아래
갈꽃의 무리를 흠모합니다

산돌 아래
몽실한 이끼 한 줌
산토끼 마른 잠을 보채면

이제야

낮달은 수줍게 숲을 향합니다

건축 유감

나의 지문은 아직도 닳고 있습니다

건축으로 인해

두텁게 쌓여진 삶의 여분

오래도록 길들이고 싶습니다

스스로의 생채기를 핥고

그 씁쓸함으로

버텨야 하는 고통은 끝내 저버렸지만

세상이 닳고 있는 동안

아직도 살갗에 닳아진 세월을 읽습니다

머리카락 숱이

하나 둘 쓸려간 오후녘의 낯섦에

동그란 안경을 추키며

빈 벽을 바라봐야 하는 심정으로

마음으로부터 짙은 선을 비웁니다

빈 몸 그대로 인정하는

빛의 순도

어린 아이의 눈짓으로 바라봐야 하는 심정에

밤을 새워야 하는 이유를 묻어두기로 합니다

깊게 파인 종이의 두께를

새삼 두려워해야 하는

날이 오면

그제야 건축을 알 듯합니다

너는 알고 있니 친구야

너는 알고 있니 친구야

하늘에 파랑새 날던 날을 기억하니 친구야

그날은 너와 내가 말없이 고개 숙인 날이었다

마른 모과나무 가지 끝에 작은 잎새가

흐릿한 바람의 무게를 이기지 못하고

못내 져버린 날이었지

어색한 너의 어깨가

나를 너무도 가슴 저미게 했고

그저 말없이 파랑새를 가슴에 담게 했다

흔한 미소 한 번 보이지 못하고 돌아선

아주 슬픈 날이었다

눈물 보이기 싫어 괜한 하늘만

한없이 바라보던 그런 날이었지

친구야 너는 아니

너 나 믿지,

정말로 그 작은 한마디를 듣고 싶어했던
소심한 나의 마음을
아직 나는 모른다
파랑새가 그토록 드넓은 하늘을 다 휘젓고
사라질 때까지
간직한 그 침묵의 의미를

다시 시작하자는 말
나는 쉽게 말을 할 수 있겠지만
미어지는 너의 가슴 나는 안다
너의 지문이 각인된 일터를 잃고
한 점 바람 앞에 나서는 너의 쓸쓸한 뒷모습에
아무 말 하지 못하고 돌아섰다
돌아오는 길
그저 높이높이 솟아오르는 타인의 새를 보며
끝내 화가 나 밤새 울어버렸단다

친구야

하늘은 나에게 있어 믿음이었단다

파랑새가 날던 순간에도 나는 그러했다

차라리 이젠 아무 일 없었던 것처럼

너의 곁에서 멍한 하늘을 보며

등 두드리고 싶지만 참고 있다

많이 후회되겠지만

하늘을 보다가도 우연히 파랑새를 본다면

그때 말하려 한다

난 너를 믿는다, 라고

무슨 일이 있더라도

친구야 그 침묵을 간직해야 한다

그리고 하늘로 사라진 파랑새의 슬픔도

땅 끝으로 져버린 모과나무 잎도

고개 숙이던 너와 나도

언젠간 모르는 사이 잊혀진다는 것을

술 한잔 사라,

너의 그 담담한 한마디에

웃을 용기를 갖는다

정말로 고맙다 친구야

변함없이 나의 곁에 침묵을 가지려마

친구에게

목마름에 한껏 마시고 싶은 음료수처럼
오늘도 친구를 시원스레 부르련다
보고픔에 또 보고픔에
눈물 적셔야 하는 그런 밤이 아니길 빌며
손을 고이 마주한다

나락빛에 일어서는
작은 몸짓은 늘 내 마음을 저리게 한다
그 수많은 신화의 빛은
어디쯤에 닿아져 있기에
희미해진 생명의 빛을 잠들게 하는가
눈물이 메마른다는 것이
삼킬 침이 없다는 것이
전부인 친구에게서
더딘 시간은 왜 아름다운 세상을 보여주지 못하는가
희망이란 믿음을 지키지 못하는가

친구에게

불러본다
친구야
고작 숨만 쉬는 나에게도
세상의 빛은 맑아온다
그리고 꿈을 꾸게 한다
농담스런 한마디에도
가난한 이들의 풍요로운 덧웃음이 전해온다
빈 가슴을 드리워도
사랑하는 이들의 설레임으로 벅차오른다

달빛이
별이
꽃이
이름 없는 작은 새가 난다
눈물 훔치며 지샌 밤도
밝은 빛을 맞이한다
친구야

용기라는 말은 하지 않으련다
다만
꿈을, 희망을 저버리지 않는 내가
옆에 있음을 알아주었으면 한다

오늘은 따뜻한 커피 한 잔 따르며
잠든 친구의 눈을 마주하려 한다
가슴에서 가슴에서
알 수 없는 눈물이 맺힌다

그냥

생각나는 이에게서

존재의 아름다움을 느낍니다

부대낄 수 있는 상대가 존재한다는 이유만으로도

나는 둘레이다

그 둘레는 나를 향한다

그립다는 관계

나와 둘레 사이

아주 작은 족속들의 슬픔을 깨닫는 사소한 일일 것이다

일상을 기습하는 하루

가을

수국

비껴간 하늘이
소심한 슬픔을 푼다
메마른 수국이
타락타락 날개를 털면
간간이 배어 온
외로움이란 것
지독히 사무친다

마른 찻잔의 온기가
나른한 사랑을 보챈다
알고 있다
의미 없는 이별이 다가설 때
나른한 사랑도 슬퍼한다는 것쯤은
메마른 수국에 소심한 슬픔을 품듯
빈 찻잔에 나른한 사랑을 털어야 한다는 것쯤은

슬픔에 보태어진 사랑이라는 것

보챌 수 없는

죽도록 버거운 것

다가설 수 없는 나에게로 와

수국을 훑고 있다

이쯤에서 기다림을 안고 싶습니다

이쯤에서 기다림을 안고 싶습니다

가을은 이미 바스러져
마른 가슴을 보채지만
하루는 또 가을입니다

살아야 할 하루
내가 견뎌야 하는 또 하루이겠지요
그 하루에 나를 보태
이쯤에서 기다림을 안고 싶습니다
서툰 사랑을 보채던
철없던 계절의 아픔이
또 시작되려나 봅니다

마지막이라는 슬픔보다
살 떨리는 모난 익숙함으로
아픔은 더욱 더 저릴 뿐입니다

해진 문턱을 넘는

긴 그림자의 오랜 침묵이

이쯤에서

괜한 기다림을 안고 싶습니다

가을날의 산책

콘크리트 계단에
얄궂은 햇살이 구릅니다
저만치 나뒹굴던
봄부터의 초록이
야물게 자란
똥강아지의 속살로 번져들면
괜히 슬퍼집니다

코스모스 새침 떨면
나른한 졸음에 기댄
고추잠자리의 선량한 용서가
보고픔에 또 보고픔에
두터운 하늘을 뒤덮습니다

관대한 넓이를 가진
소년의 심장은
바지런히 가을날의 추억을 담습니다

고백

빈 집으로 숨어든 오후
밀려난 하늘의 수줍은 입맞춤
때 이른 당신의 안부입니다
산다는 것 허공을 돌다 잠시 내린
외로움이라고
먼 새는 그렇게 타이르며 날고 있습니다
저만치 앞장서는
연인들의 호들갑처럼
당신은 그만큼의 고요를 쥐어줍니다

가슴과 가슴에 끼어든 새벽
스스로 일어서는 그림자는 홀로입니다
한 움큼의 씨앗 중에 외톨아진
한 톨의 머무름만큼
아주 미세함으로 온통 침묵함으로
늘 그래왔던 것처럼
그것이 사랑이라 합니다

어둠은 새벽에 온전한 슬픔 안기듯
불현듯 찾아든 바스락거림에
나의 신화는 아직도 새벽입니다
손거스러미가 예민해져 옵니다
사랑이란 생채기가 옮아오듯

다시 만날 것을 믿습니다

다시 만날 것을 믿습니다
굳이 그립다는 말은 아니랍니다
그저 정말로 좋아했던 사람이기에
그렇게 믿고 싶을 따름입니다
걱정보다는 설렘이 앞설 것입니다
누군가를 또 그렇게 사랑하겠지만
한 번쯤은
평생의 스침이라도
다시 만날 것을 믿습니다

일상이 그대를 무디게 하겠지만
공허한 꿈 속에서라도
다시 만날 것을 믿습니다
기억의 저편으로 떠밀리는
그대를
가끔은 가슴에 묻고
오래도록 바라보진 않겠습니다

스치는 바람의 헐거움만큼

문득

생각나는 그 사람이 그대였으면 합니다

그대의 침묵

그대라는 배려가

지친 가슴에 눈물을 거룹니다

등 돌린 하루가 그리움에 낡아 부스러질 때

기댈 곳 없는 마른 가슴을

그저 말없이 바라만 봅니다

알고 있습니다

그대의 침묵이 나르는 격려를

짧은 그리움에

별이 되는 그대처럼

그대의 식탁에 풍요로운 꽃이 되고 싶습니다

더러는 구겨진 휴지처럼

물러서서 미약한 흔적을 남기고 싶습니다

삶의 무게에 구차해진 존재로

다가섰던 고독의 벽을

네 발로 기어올라

그대 곁에 잠들고 싶습니다

그대는 멀지라도

그리움은 만질 수 있답니다

타성에 젖어
감히 사랑이라 부릅니다
온종일 그대를 기다리며
서럽던 눈물의 의미
어수룩한 가슴을 헤집던
내가 알고 있는 그대라는 이름
부를 수 없는 사랑의 고백인 듯합니다
외로움에 공감할 줄 아는
그대와 나 사이
눕지 않는 고목처럼
버티며 일깨우는 고통일진대
그대는
울고 있는 나를 말없이 지킵니다

일관된 침묵이

견딜 수 없는 슬픔을 부추기지만
벗은 몸이 부끄럽지 않을 만큼의
용기를 가지게 합니다
그대의 사랑은 그렇듯
숲에 자라나는 알 수 없는 가지로
나지막이 나를 흔들어놓습니다

이별도 사랑일 줄

그럴 필요는 없었다
이미 잊혀진 사랑에
관심을 가두는 것
문득 철 지난 옷가지를 매만지며
알 수 없는 수심에 빠지는 일일 것이다
눈물을 보여도
너를 향한 것이 아니라고 그토록 부정도 해보고
지독한 외로움에
널 기억하지 않으려
다른 사랑에도 연연했었다
초라해지는 빈 가슴엔
이별의 어색한 변명만을 담아두고
너를 품고 한참을 울었단다
쏟아버린 물병을 안고
마르지 않는 맨바닥을 하염없이 바라만 보던
어린 날의 동화처럼

나는 내가 아닌 그대이고 싶습니다

바람이 불면 나뭇잎이 흔들리는 것처럼
나는 그대 곁에서 흔들리고 싶습니다

아무 말도 하지 않는 그대 곁에서
나는 굳어버린 화석이고 싶습니다

하지만, 이것이 사랑이라 말하진 않으렵니다
그냥, 내가 아닌 그대이고 싶습니다

그대를 빌어
사랑을 얻으려는 것은 더더욱 아님을
고백합니다

죽도록 그리워하고 죽도록 슬퍼한다는 것이
그대를 얼마나 힘들게 하는지 알고 있습니다
나조차 힘에 겹습니다

찬바람이 불어오는 날이면
따스한 둥글레차를 그대처럼 마십니다

작은 불씨에도 더해가는 온기처럼
가슴 깊숙히 채워진 그대는
참으로 따스합니다

손끝 하나 입김조차도 조심스러워
그냥 말없이 체감할 뿐입니다

흙 속에서 꽃씨를 재우며
토닥이는 손길에 그대를 재우려 합니다

먼 날 피어나는 꽃을 기약하진 않습니다
깊숙히 묻어두고 간절하게 들여다볼 뿐입니다

나는 내가 아닌 그대이고 싶습니다

나는 나 아닌 그대로 존재합니다

나 슬플 때

나 슬플 때
옆에만 있어도 좋을 그대
지금의 허전함이 사랑이었나 봅니다
사랑이라 말하는 이 상투적인 되뇌임
그것이 아마 내 가슴을 미어지게 하나 봅니다

이 침묵의 시간이 다 흐른 후에
지금 들려오는 노래가 다 끝난 후에
눈가에 메마른 눈물 자욱
살갗 깊숙이 파고들어
아린 상처를 주었으면 합니다

사랑이
사랑이 미치도록 그리울 때
찌르는 아픔으로
복받치는 고통으로
되뇌이고 되뇌여져

나 슬플 때
잠시 생각나는 그대였으면 합니다

이 부질없음이
이 철없음이
사랑을 멍들게 해도
그 사랑
그대로하여
다시 느끼고 싶습니다

그대의 휴식

살며시 기댄 그대의 고단함에

숨조차 쉴 수가 없습니다

플라타너스 잎새를

하늘로 떠나보내는 날

그대의 휴식

내 가슴에 부는 가을이었나 봅니다

곁에 있는 그대가

빈 가슴을 한없이 슬프게 합니다

머릿결이 눈을 찌릅니다

어찌할 수 없는 눈물

그대는 알지 못하겠지요

오래도록 슬펐으면 합니다

숨을 쉬지 못하는 고통

그대는 알지 못하겠지요

죽지 않을 만큼 숨을 재우고 싶습니다

그대가 곁에 있는 동안

이로써 나는 가을이었나 봅니다

편지

죽도록 보고팠던 그 사람에게서
편지가 왔습니다
읽고 또 읽고
곱씹어 읽어보지만
끝도 없는 그 사랑에
훔치는 눈물만이 더할 뿐입니다

간절한 기다림에
꾹 눌러쓴 이별
그보다 많은 사랑
텅 빈 벤치에 앉아
눈물 한 방울의 답장을 씁니다

오늘은
이별하는 날
죽도록 보고팠던 그 사람에게서
편지가 왔습니다

내 마음의 풍금

노랑 은행잎이 나렸다

파랑 하늘에 참새가 날았다

홀로 타는 그네가

은행잎도

참새도

수채화빛으로 물들여 놓았다

길 잃은 똥강아지

보랏빛 손수건을 물고 간다

저만치 꼬리를 보일 때

풍금은 내 마음에 있었다

풍금이 울리면

조무래기 소녀에게

보낼

그림엽서 한 장

사무치게 그립다

돌아오는 길에

새삼 느낄 수도 없는 당신의 흔적이

낯익은 노래가사에서 묻어납니다

스스로를 향한 되뇌임으로

아무것도 할 수 없어

그저 눈물만 흘리다

가던 길을 가야 하는 나는

늘 외로워야 합니다

어떤 기다림도

어떤 그리움도 아니었습니다

부인도 하지 못한 채

가슴 뭉클함을 쥐어 잡고

허탈한 웃음 지어야 하는 나는

긴 그림자에 지워져 갈 뿐

가질 수 없는 무게의 존재를

느껴야 하는 나는

늘 홀로이어야 합니다

외로워하고 홀로여야 하는 나로부터
이제는 당신을 비우고 싶습니다
흥얼거리는 콧노래처럼
가볍게 되뇌이며
가야 할 길에 나를 보내주고 싶습니다

당신을 만나러 가는 동안
그 흔한 안개꽃 한 줄기가 그리울 때가 있습니다
당신을 기다리는 동안
그 상투적인 사랑, 한없이 사무칠 때가 있습니다
당신을 마주하는 동안
간절합니다

가을 나무처럼

하늘이 메마르다고
애써 눈물을 흘리지 마라
곧은 잔가지 위로
벌써
딱새는 날고 있다

안개 너울
아침은 이르다고
한참을 울어봐도
날은 저무는 아픔을 모른 채
오로지 너만을 모질게 훑고 간다

가을 나무처럼
홀로 서서
무딘 슬픔을 딛고
광활한 들에 한 줌 씨앗을 던져라

눈부신 햇살이

풍요롭게 감싸는 오후녘에

또 다시

깨어나는 가을 나무처럼

너그러운 기다림을 가져라

그 후로 오랫동안

내키지 않는 일을 할 때
못내 이겨내야 하는 괴로움마저
당신으로 하여
그것은 축복된 일이라 굳이 믿어봅니다

닿지 않을 손을 내밀며
하염없이 손을 흔드는 비련마저
당신으로 하여
아름다운 청춘이라 되돌립니다

가을비
가볍게 두드리는 날에
그 후로 오랫동안
소심히 훔쳐야 했던 눈물,
아무 때나 생각나는 당신이 너무도 미워지지만
차라리 사랑하려 합니다

속내 모르는 당신으로 하여

그 후로 오랫동안

그리도 사랑하고 있습니다

똥강아지도 사랑할까

―작은 집의 일화 1

오랜 기다림은

작은 집

토담 위에 볕빛을 발라

마릅니다

샛기둥 사이

별 씨앗 뿌려두면

이른 아침

참새는 이슬을 쪼아

사랑하는 이

눈물을 만듭니다

댓돌 위에 널브러진

똥강아지 곤한 낮잠

한 줌 마당의 때깔을

숨죽이게 합니다

처마에 고인

맑은 하늘은 투명하지만

사랑하는 이
그리움은
산바람에 울먹입니다

들창의 순박함에
볕은 고요합니다
따땃한 방구들에
배를 깔고 누워
사랑하는 이
꿈을 꾸며
저 산 넘는
산새의 울음을 달래봅니다

저녁 노을빛
언제나 동녘 하늘을 아름답게 꾸립니다
들꽃이
숨 돌리지도 못한 채

이내 어둠을 품으면
사랑하는 이
해맑은 얼굴은
실없이 나를 닮습니다

낮달이 뜨기 전
울밑 개구멍엔
짝 잃은 똥강아지
나를 보며
꼬리를 흔듭니다

개 같은 내 신세가
개팔자가 아니길 빌며
개구멍이 아닌
대문을 열고
산책을 하였습니다

888888888888888888

똥강아지도 사랑을 한다는 것을 알았습니다

개팔자가 사람팔자가 되고저

저리도 꼬리를 치며 보챕니다

 .*

낯선 마주함

밤새 몽울진 눈물꽃이
새벽녘에 툭 하고 떨어졌습니다
괜스레 눈을 감고
모르는 척 뒤척이는 나를
아침 햇살이
집요하게 핥고 있습니다
부끄러워 볼짝을 매만지다
쪽창에 서성이는
꼬막새의 울음을 보았습니다

키작은 담장 아래로 추락하는
그 낮은 속삭임을

인간과 인간이라는 사이

가슴과 가슴을 부벼도
그 심장이 나르는 뜨거움이
서로에게 닿지 않는 이유는
인간이라는 꼼수 때문입니다

얼굴과 얼굴을 맞대도
그 낯빛에 담아낸 온전함이
서로에게 미칠 수 없음은
인간이라는 미물 때문입니다

눈과 눈을 마주해도
눈빛이 향하는 일관됨이
서로에게 비껴서는 이유는
인간이라는 허영 때문입니다

인간과 인간이라는 사이
하물며 치대는 사랑일진대

지독히 외롭다는 이유는
인간이라는 이기 때문입니다

사랑, 그걸로 된 것입니다

부자연스런 공허함 속에
가끔은 나를 벗고
홀깃한 휴식을 나르고 싶습니다

무모하리만큼 덤벼든
두터운 일상 속에
가끔은 나를 털고
홀연히 자유롭고 싶습니다

허기진 배를 채우는 일보다
손끝에 움찔거리는
외로움을 매만지는 일
사랑, 그걸로 된 것입니다

사람이 사람을 만나기 전
그 짧은 시간의 되뇌임
마주하는 그 간절함보다

애써 태연한 척
흐르는 눈물을 훔치는 일
사랑, 그걸로 된 것입니다

어느 날
잠에서 깨어난 허전함에
아무도 모르는 사이
당신은 외별이 되어줍니다

깜깜한 밤하늘에
황당히 떨어지는 별똥별 하나
그 스침조차
당신이라 흔쾌히 부릅니다

먼 우주보다
더 가까이 자리잡은 당신은
사랑이라는 지독히 난해한

질문만을 던지고 갑니다

한 뼘의 거리에서
가늠할 수조차 없는 심장의 크기는
부대껴 오는 당신의 존재 앞에
그저 맥없이 사그라집니다

그것이 사랑이라면
사랑,
그걸로 된 것입니다

사랑의 늪

너의 꼬리를 핥고 있다
이 지독한 외로움에
꼼실거리는 살들을 매만지기보다
미덥던 시간들이
나를 보챈다

낡은 기록이 나르는
사랑이라는 지문
소중한 환각이 고인다

그 적나라한 울림의
신성한 서술이
때론 밋밋함을 쪼아내고
깐죽대는 일상에서
애간장을 비워내는 일
그것이 사랑살이다

시간의 늪에 빠져버린

나란 딱지의 환각

두텁게 쌓이면

아물지 않는 시간 속으로

시시한 것들의 간절한 바라봄은

사랑의 전설로 만들어져 간다

재생할 수 없는 시간 앞에

최소한의 저항은

그저 나를 한없이 보채는 일이다

겨울
|

풍경에 서서

산다화 아래
저무는 햇살이 그리워
저 먼 수평선을 들춰내다
어둠에 꽂힌 몽우리들이
하염없이 나릴 때
별바다는 너무 먼 사이
이따금 넘기는 쓰디쓴에
그리움은 더욱 더 달다

눈물은 어둠 속에
산다화의 전설을 닮아
흐드러진 패랭이꽃이
먼 바다를 훔칠 때
그리움도 나와 같더라
팽나무 수산한 밤바다에
저리도 주까리고 있을, 나는
숨죽여 달랜다

아리는 가슴을 꼭 쥐고

저 먼 밤바다의 슬픔에

살포시 잠이 들라

보내줄 수 있는 사랑은 아름답습니다

지친 가슴에 부는 일상의 버거움이

때론 등 돌린 하루를 만들겠지만

실없이 깨어나는 서툰 사랑이란 것

사무침이 그립다면

그토록 보고픔에

사랑한다는 것만으로

보내줄 수 있는 사랑은 참으로 아름답습니다

사랑은 타이릅니다

그저 모르는 척 눈을 감고

고이는 눈물에 헤픈 웃음으로 반겨야 한다는 것쯤은

아무도 모르는 사이

스스럼없이 향하는 발길

그대를 향하고 있다는 것쯤은

보내줄 수 있는 사랑은 아름답습니다

덜어낸 사랑만큼

보태어
보내줄 수 있는 사랑은 참으로 아름답습니다

사랑이 사랑을 사랑할 때

보이지 않는 사람을
사랑하는 것은 어리석은 일이라 하겠지만
보이지 않는 사랑은
결코 사랑하는 사람을 버려두지 않습니다

가장 낮은 곳으로부터
사랑이란 것은 쌓이고
가장 높은 곳으로부터
사랑은 내리는 것입니다
사람이 사람을 사랑할 때
가장 인간다운 모습이며
사랑하는 사람은
가장 아름다운 느낌에 서 있습니다

사랑할 때
굳이 사랑을 말하지 않지만
우린 사랑이란 걸

사랑함으로 알고 있습니다

누군가를 사랑해 주고

누군가에게 사랑받는다는 것

새삼 누군가에게

얼굴을 마주하지 못한 채

기뻐하고 있는 자신의 순박함일 것입니다

애써 다가서지 않아도

사랑하고 있음에

우리는 멀어지지 않습니다

늘 한결같다는 느낌처럼

따사로운 양지의 끝자락에

사랑이 볕을 만듭니다

슬픔이 있다면

사랑은 눈물일 것입니다

외로움이 있다면

사랑은 그저 떠도는 바람의 무게를 가질 뿐입니다

알고 있습니다

사랑 앞엔
사랑하는 이도
사랑받는 이도
모두가 당신이라는 것을
긴 세월을 따라
우린 정말로 사랑을 하지만
사랑은 세월을 만들지 못합니다
다만
다시 채우는 일상의 반복입니다

한 사람을
두 사람만을
열 사람만을
백 사람만을
모두에게

사랑은 전혀 부족치 않은 풍요입니다

사랑할 때
남기고 간 허물은
이제 속살로 자라나야 합니다
때묻지 않은 순수보다도
때를 닦아내는 순박함을
사랑은 일깨웁니다
버려진 자도
좌절한 자도
사랑은 감히 기다립니다
스스로 일어나는 그 용기를 알 때까지
사랑은
침묵처럼
고요처럼
한결같이 흐르고
새벽 안개에 스러지는

별을 품고
솟아오르는 태양을
가슴 깊이 끌어안습니다

전 사랑을 잘 모르지만
그래도
사랑하며 살아야 한다는 것쯤은 알기에

낙서

하얀 종이 위에
꼬이고 꼬여
엉켜버린 단서들의 농단
그 사람, 참으로 싫어할 만도 하다
하나 정리되지 않은
헤픈 낙서를 보면
그 사람, 참으로 미워할 만도 하다
처음이 끝이고, 끝도 처음이고
도대체 알 수 없는 심중
그 사람, 참으로 멀어질 만도 하다

아무도 모르는 사이
수없이 반복해야 했던 체념의 진실
차라리
그 사람, 참으로 지워낼 만도 하다

사랑, 얼다

토실대는 빗소리 창에 얼다
쪼아낸 별빛 어둠에 얼다
사랑해야 할 너는 긴 세월에 얼다
사랑하고픈 나는 짧은 외로움에 얼다
사랑,
시리도록 저린
저 따사로움에 얼다

외사랑

아주 오래된 사랑임에도
애써 모른 척한다는 것이
어쩌면 당신을 지극히 헤아리는
배려였다는 것을 아시는지요

모른 척 돌아서도
꼬리가 긴 아쉬움은
이토록 아픈 대가를 치러야 한다는 것을
당신은 모릅니다

하지만 그대 집 앞에 불던 바람은
다 알고 있습니다

토끼

토끼가 훔쳐본다
민망하다
꼼지락거리는 너의 뽀얀 피부
순백의 솜처럼 따스하다
너를 덮고 싶다

사랑하고 싶습니다, 그리고 사랑합니다

빈 가슴을 가지고 온 사람을 사랑하고 싶습니다

해질녘 긴 그림자만을 뿌려놓고

미련없이 사라지는 뒷모습 사랑하고 싶습니다

앙상한 가지의 끝이라도

깃털 보듬을 수 있는 작은 새의

조금은 어색한 몸짓을 사랑하고 싶습니다

밤새 떨고 있는 별조차

새벽빛에 미련없이 스미는 그 순응함을 사랑합니다

숨겨놓은 들판의 메마름에

흔들리지 않는 억새의 일관됨을 사랑합니다

그리고

그 오랫동안 나의 관심을 저버리지 않는

당신의 낡은 사진을 아직도 사랑합니다

이토록

간직된 일개의 것을

변함없이 지켜가는 나를 진정 사랑하고 싶습니다

그리고 사랑합니다

손거울

손거울에 나를 비추리
다 담지 못한 내 얼굴
꼼꼼히 훑고 마주 보리
슬픈 눈이
나를 서럽게 부추긴다 해도
웃음 짓고 있는
입술을 마주 보리

눈물

눈물이
가지는 모든 것을 비우라 합니다
그리고 용서하라 합니다
어둠을 가지는 눈물이
가슴 언저리에 스밀 때
새벽은 어느덧
돌아보지 않은 날들을 깨웁니다
날마다 소리없는 눈물이
재워오면
아무 일도 할 수 없어
내 사랑을 허락해 준
그대가 생각날 따름입니다
흐르는 눈물에
그저 밤새 울 뿐입니다

사랑살이

어림할 수조차 없을 만큼의 깊이에
지독하게 사랑이 곪고 있습니다
가셔낼 수조차 없는 그 흔함에
사랑이 빼곡히 쟁여 있습니다
하지만 일생
사랑은 당신의 모습으로 마치고 맙니다

내가 간절히 바라는 사랑이 그대가 그토록 원하는
사랑이었으면 좋겠습니다

1

먼 훗날이라고 하지 맙시다

그날이면 깨어나는 것이 우리들 사랑일 것입니다

몇 날을 기다려도

오직 한날 같은 심정으로

사랑은 깨어납니다

날이 새는 동안에도

저무는 끝물에도 사랑이 있습니다

한결같이 말하는 사랑이라는 것

간섭된 사랑임을 알고 있습니다

서로의 가슴을 부리며

언제라도 내밀면 다가서는 사랑방식

이쯤에서 멈추어야 합니다

사랑은 오래도록 지켜온 생명의 줄

이쯤에서 엉킨 매듭을 나란히 늘여야 합니다

습관처럼 따르는 커피처럼,

흥얼거리는 콧노래처럼

이유없이 하고픈 것들에게서
사랑은 길들여집니다

메마른 꽃잎에 물을 주는 동안
방바닥을 훔치며
새삼 깨어나는 것이
지금껏 돋아온 사랑이라 믿고 싶습니다
그저 모르는 척 눈을 감고 지내온 시간
알지 못합니다
사랑한다는 상투적인 그 한 마디의 깊이를

사랑의 공허한 맹세가
텅 빈 냉장고 문을 열 듯
빈 지갑을 헤집 듯
반기는 이 없는 집을 들어서야 하는
서글픔의 덜미를 잡아챕니다

눈물에 길들여진 사랑

눈물 나는 날엔

더욱 사랑이 간절해집니다

2

작은 내 사랑이었다고 시인합니다

그리고 내 사랑은 더 이상의 훗날을 기약하지 않습니다

다만 지금 사랑한다는 것이 절실할 따름입니다

사랑의 저편에서는 용서가 보입니다

어린 아이의 순진한 웃음처럼

당신이란 배려 앞에 조건없이 향합니다

꽃망울이 열리듯 하늘의 새가 나래를 펴듯

내 사랑은 한결으로 무던히 자라납니다

별빛을 바라보며 커지는 설레임의 자맥질에

철이 들듯

사라지는 그 순간까지
사랑의 영혼이라 믿고 싶습니다

3
우리 사랑은
우리 아니면 아무도 들을 수 없는 소리를 냅니다
따뜻한 물에 찻잎을 우려내듯
풀포기가 돋아나듯
아무도 모르는 사이 무던히 자라날 따름입니다

사랑함엔 말이 필요치 않음을 압니다
못난 사람 앞에서 허풍떠는 일도
친한 사람에게 수다떠는 일도
사랑 앞엔 부질없는 일입니다

비 오면 우산을 집어들듯
아침이면 신문을 펼쳐보듯

사사로운 일상의 갈피마다 차곡히 쌓이는 것이
우리의 사랑입니다

우리의 사랑은
밤새 눈발이 쌓이듯
양동이에 물이 채워지듯
동그란 안경에 김이 서리듯
아무도 모르는 뒤편에서
조용히 찾아들 따름입니다

4

숨을 재워가며 사랑하려 합니다
늘상의 허전함만큼 우리를 비켜서서
쪽빛에 묻어 오는 사랑을 서둘러 사랑하기로 합니다
오랜 망설임은 아니었을 것입니다
스스럼없이 존재한 사랑
모나지 않는 관계에 서고자 함입니다

무관심에 서글퍼하진 않습니다
존재함으로 살아가는 동안
무던히 보채는 믿음일 것입니다
빈 가슴으로
가두었던 용서의 빛을 고백함에
사랑은 눈물겹습니다

살다 보면 몸 비비는 그날까지
영혼의 타이름을 깨닫습니다
아름다워야 할 세상
떠나는 그날까지 사랑에 궁색치 말라고

소리없이 내리는 이슬을 맞는 꽃잎에
긴 밤 홀로 견딘 외별에
흔들리지 않는 사랑이 고여 있습니다
혼자 울어야 하는 그런 밤이 아니길 빌며
평생 사랑을 감당해야 합니다

5

늘상 다져가는 사랑의 믿음

고단한 가슴을 깨우는 일입니다

차를 끓이는 동안

주전자에 솟는 하얀 김처럼

맥없이 눈물로 번지는 것이 사랑임을 알고 있습니다

기다림의 중심에 서서

늘상 부대껴오는 지독한 외로움에

초라해진 가슴을 추스르는 일이

얼마나 힘에 겨운지 알지 못합니다

다만, 사랑한다면 굳이 사랑을 내뱉지 않고

빈 몸으로 돌아서면 그뿐이지만

내가 간절히 바라는 사랑이

그대가 그토록 원하는 사랑이었으면 좋겠습니다

사랑한다는 것만으로도 사랑했습니다

편안한 의자에 몸을 기대면
이제야 기꺼이 마주하고픈
사람이 있습니다

날마다 숨죽여 부르는
그런 사람이었습니다

혼자 외길을 걸으면
스스럼없이 자리를 펴고
괜한 미소 짓게 하는 사람이었습니다

잠에서 깨면
저만치 서둘러 눈부신 햇살을 담는
그런 사람이었습니다

시든 꽃잎이 메마른 날이면
서럽게 불러보고픈 사랑이 있습니다

가슴에 묻어두고
어김없이 보듬고픈 사람이었습니다

비 오는 날이면
따스한 차 한 잔에
곁에 맴돌아 숨고
말없이 떠나가는 사람이었습니다

진실로 눈물이 차오르면
서럽게 불러보고픈 사람이었습니다

한 번쯤은
외진 골목길에서 마주서고 싶은 사람이었습니다

그 사람
사랑한다는 것만으로 사랑했습니다

가슴 언저리에 지친 사랑아
이제는 아주 작은 웃음에 묻어두려마

먼 곳에 존재한다는 이유로
늘 소외된 나의 자리
아직 돌아보지 못한 사랑으로
까마득히 슬픔을 버린다

쓸려갈 헤픈 사랑도
내겐 간절한 부름이었다
그저 바라본다는 것만으로

지독한 사랑을

외별의 기다림에 서고 싶다

별이 어둠을 뚫고 있는 동안
밤새
나는 너의 가슴에
통증을 안겼다

아침이면
잠든 너를 가슴에 묻고
외별의 기다림에 서고 싶다

겨울 애상

눈꽃이 나릴 때
단칸방 쪽창으로
날아든 별아
이 추운 겨울 동안
녹지 말아다오
그 작은 불씨
더디게 더디게 지피고
하얀 눈에 포옥
묻어두렴

누군가를 기다리는 족속들

타인의 헤픈 기다림으로
알지 못한 또 하나의 그리움
그것이 사랑이라면
하나의 그림자를 나르고 싶습니다

별 하나에
밤은 외롭습니다
사랑은
수많은 별들이 나르는
무리들 중에 수줍게 자라납니다

외별을
기다리는 이
타인처럼 사랑합니다

살아서 고프던

스케일

번잡스러운 공간에
가라앉은 고요는
나를 녹슬게 합니다

어림잡아
가늠할 수 있다면
그걸로 된 것입니다

이제부터 스케일의 신화를 벗어내자
나의 동공에 꽂힌
그 예감 하나로 족하리
고요함의 공백 속으로
빠져드는 나른함에
나는 나를 잃다

작은 신화 이야기

나의 등에 날개가 있다

오랜 날개가 있다

그저 날 수 있으리라는 바람보다

지금껏 지켜온 아물지 않는

신화는 타이른다

속지 마라

전부인 것이 다 나를 향하지 않듯

나의 전부인 양 사랑에 생색내지 말자

그저 진정성 하나면

사랑은 그로써 인정하면 그뿐이다

모든 것이 나에게 상대적인 것이라 할지라도

상대적이지 않아야 할 나의 심장은

나에게로

아직도 뜨겁게 뛰어야 하지 않는가

구승민 시집 __ 너는 알고 있니 친구야

2011년 4월 15일 초판 1쇄 발행

지은이 구승민 | 편집 이승은, 김미미 | 북디자인 최훈

발행처 도서출판 연장통, 경기도 파주시 교하읍 문발리 504-4 | 전화 031 8070 4950

출판등록 제16-3040호 | www.yonjangtong.com

ⓒ 구승민, 2011

ISBN 978-89-954647-9-3   03810

값 10,000원

이 도서의 국립중앙도서관 출판시도서목록(CIP)은

e-CIP 홈페이지(http://www.nl.go.kr/ecip)와

국가자료공동목록시스템(http://www.nl.go.kr/kolisnet)에서

이용하실 수 있습니다.

(CIP제어번호: CIP2011001579)